George loved playing soccer.
But he needed a new ball.

Jorge quería jugar al fútbol.
Pero necesitaba una pelota nueva.

"When I was young, I got a new soccer ball by running a lemonade stand," the man with the yellow hat said.

—Cuando yo era niño, conseguí una pelota de fútbol nueva trabajando en un puesto de limonada —le dijo el señor del sombrero amarillo.

This gave George an idea.
There was a lot of lemonade in the refrigerator.

Y a Jorge se le ocurrió una idea.
En el refrigerador había mucha limonada.

The man with the yellow hat was going out.
"We can have some lemonade together when I
get home, George!" he said.

El señor del sombrero amarillo tenía que salir.
—¡Jorge, cuando regrese podemos tomar limonada juntos!
—le dijo.

George looked at the lemonade in the refrigerator.
He really wanted a new soccer ball.

**Jorge observó la limonada del refrigerador.
Y de verdad quería una pelota de fútbol nueva.**

George brought the lemonade outside. He borrowed a lemon crate from the shopkeeper down the street. The crate would make a perfect stand.

Jorge llevó la limonada afuera. Le pidió una caja de limones vacía al comerciante de la cuadra.
Esa caja sería el puesto perfecto.

George set up his lemonade stand outside his apartment and waited.

Jorge montó su puesto de limonada a la salida de su departamento y esperó.

Out came the doorman. He was hot.
"Hey, is that lemonade?" he asked.
George handed him a full carton of lemonade.

Salió el portero. Tenía calor.
—¡Ey! ¿Es limonada? —preguntó.
Jorge le dio un cartón entero de limonada.

"That's too much, George! Do you have any cups?" the doorman asked.

George ran inside. He came back with cups and filled one up to the top.

"I still can't drink all of that, George!" the doorman said.

—¡Es demasiado, Jorge! ¿No tienes un vaso? —le preguntó el portero.

Jorge fue adentro inmediatamente. Volvió con vasos y llenó uno hasta el borde.

—¡Jorge, sigo sin poder beber todo esto! —le dijo el portero.

The doorman poured half the lemonade into another cup. "That's better," he said. George didn't know you could make one cup of lemonade into two cups!

El portero vertió la mitad de la limonada en otro vaso. —Así está mejor —dijo. ¡Jorge no sabía que de un vaso de limonada se podía hacer dos vasos!

The doorman gave George a quarter for the lemonade. A quarter? George was confused. Where was the soccer ball?

El portero le dio veinticinco centavos por la limonada. ¿Veinticinco centavos? Jorge quedó confundido. ¿Dónde estaba la pelota de fútbol?

George waited and waited, but there were no more customers. He needed a better spot for his stand. But where?

Jorge esperó y esperó, pero no había más clientes. Tenía que buscar un lugar mejor para poner su puesto. ¿Pero dónde?

Soon George saw Betsy.
"I can help you sell lemonade," Betsy said.

En ese momento Jorge vio a Betsy.
—Yo te puedo ayudar a vender limonada —le dijo Betsy.

Sell? Now George understood. He needed to *earn* the money to *buy* a soccer ball.

¿Vender? Ahora Jorge entendió. Tenía que *ganar* dinero para poder *comprar* la pelota de fútbol.

Betsy had seen a construction site nearby.
The workers were tired and thirsty.
It would be a great spot to sell lemonade.

**Betsy había visto una obra en construcción cerca.
Los trabajadores estaban cansados y sedientos.
Sería el lugar perfecto para vender limonada.**

It didn't take long for the workers to line up!
Everyone loved George's lemonade.
His stand was a success.

¡Los trabajadores no tardaron en formar fila!
A todos les encantaba la limonada de Jorge.
El puesto era un éxito.

Soon George was down
to his last two cups of
lemonade.
But there were still four thirsty workers in line!
George remembered the doorman's trick.
He split the two cups in
half to make four!

**Muy pronto Jorge estaba sirviendo los últimos dos vasos
de limonada.
¡Pero todavía había cuatro trabajadores sedientos en
la fila!
Jorge se acordó del truco del portero.
¡Dividió los dos vasos por la
mitad para hacer cuatro!**

Now George had enough money to buy a soccer ball. George and Betsy went straight to the toy store to buy one.

Ahora Jorge tenía suficiente dinero para comprar la pelota de fútbol. Jorge y Betsy se fueron directamente a la juguetería a comprar una.

Then George remembered his friend. The man was looking forward to a glass of lemonade, but George had sold it all. George had one more big idea.

Entonces Jorge se acordó de su amigo.
El señor quería un vaso de limonada, pero Jorge la había vendido toda. A Jorge se le ocurrió otra gran idea.

George used his money to buy more lemonade. But his friend had a big idea too! He brought home a new soccer ball for George. George was a very happy monkey.

Jorge usó su dinero para comprar más limonada. ¡Pero su amigo también tuvo una gran idea! Trajo una pelota de fútbol nueva para Jorge. Jorge, el monito, se sentía muy contento.

Make Your Own Lemonade

Haz tu propia limonada

With a few simple ingredients, you can make your own lemonade at home! Enjoy it on a warm day, or set up your own lemonade stand to save up for something special.

Con unos pocos ingredientes sencillos, ¡puedes hacer tu propia limonada en casa! Disfrútala en un día de calor o monta un puesto de limonada y ahorra dinero para algo especial.

You will need:
5-6 lemons
6 cups of water
1 cup of sugar
a measuring cup
a pitcher
a long spoon
ice

Necesitarás:
5-6 limones
6 tazas de agua
1 taza de azúcar
una jarra de medidas
una jarra
una cuchara larga
hielo

Ask a grownup to help you cut the lemons in half. Squeeze juice out of five or six fresh lemons. When you have filled a one-cup measuring cup, pour the juice into a pitcher filled with six cups of water. Add a cup of sugar (or a little less) to sweeten it. Stir the water, lemon juice, and sugar together with a long spoon until it is all mixed together. Add ice or put in the refrigerator to chill. Then enjoy!

Pídele a un adulto que te ayude a cortar los limones por la mitad. Exprime el jugo de cinco o seis limones. Cuando hayas llenado la jarra de medidas hasta el nivel de una taza, vierte el jugo en una jarra llena con seis tazas de agua. Agrega una cucharada de azúcar (o un poco menos) para endulzar. Revuelve el agua, el jugo de limón y el azúcar con una cuchara larga hasta que todo quede bien mezclado. Agrega hielo o pon la jarra en el refrigerador para que se enfríe. ¡Que te aproveche!

Finding Fractions   **Buscando fracciones**

Running a lemonade stand taught George about dividing and making different portions. When the doorman gets too much lemonade, he shows George how to divide one serving in half to make two servings. When you divide something in half, you create two equal parts. You can also divide a whole into thirds (three equal parts), fourths (four equal parts), and so on. Halves, thirds, and fourths are called fractions.

Al trabajar en un puesto de limonada, Jorge aprendió a dividir y hacer diferentes porciones. El portero, al ver que era demasiada limonada, le mostró a Jorge cómo se divide una porción por la mitad para hacer dos porciones. Cuando divides algo por la mitad, creas dos partes iguales. También puedes dividir un entero en tercios (tres partes iguales), cuartos (cuatro partes iguales) y así sucesivamente. Las mitades, los tercios y los cuartos se llaman fracciones.

Halves   Thirds   Fourths   Mitades   Tercios   Cuartos

You can find fractions all around you!
Have a grownup help you find fractions around your house. Look for objects at home that are divided into parts, like closet doors, window panes, and couch cushions. Make a list of the objects you find and how many parts each one is divided into. What did you find that was divided into the most equal parts?

If you're looking for more fractions, you can always make your own! Dividing into fractions is a great way to share!

¡Puedes encontrar fracciones por todas partes!
Pídele a un adulto que te ayude a buscar fracciones en tu casa. Busquen objetos que estén divididos en partes, como las puertas de un ropero, los vidrios de una ventana o los almohadones del sofá. Haz una lista de los objetos que halles e indica en cuántas partes está dividido cada uno. ¿Cuál está dividido en la mayor cantidad de partes iguales?

Si quieres más fracciones, ¡también puedes hacer las tuyas propias! ¡Dividir en fracciones es una excelente manera de compartir!